Para Tess y Filip. – An
Para mi querida amiga Anita. – Jenny

Título original: *You Make Me Happy*
Editor original: Clavis Publishing Inc. New York

Traducción: Equipo Editorial

1.ª edición Noviembre 2016

ISBN: 978-84-16773-10-7
E-ISBN: 978-84-16715-48-0
Depósito legal: B-16.180-2016

Fotocomposición: Ediciones Urano, S.A.U.

Impreso por: Gráficas Estella, S.A.
Carretera de Estella a Tafalla, km 2 – 31200 Estella (Navarra)

Impreso en España – *Printed in Spain*

An Swerts & Jenny Bakker

Me haces feliz

Uranito

Argentina • Chile • Colombia • España
Estados Unidos • México • Perú • Uruguay • Venezuela

Sofía está de cuclillas en la cama ante la ventana de su dormitorio.

En la calle la gente se apresura a llegar a casa,

con los abrigos abrochados para cobijarse del fuerte viento.

Pero Sofía no ve a nadie.

Con mirada soñadora,

sopla pequeñas nubes de vapor en el cristal

y dibuja con el dedo.

«¡Qué corazoncitos más bonitos!»,

dice su madre cuando entra en la habitación.

«La cena está lista, ven a comer».

«La verdad es que no tengo mucha hambre», suspira Sofía.

Su madre la mira fijamente.

«No estarás enferma, ¿verdad?»

Sofía se encoge de hombros y frunce un poco el ceño.

A la mañana siguiente, hace un día espléndido.

Su madre ha salido, así que la abuela recoge a Sofía.

Juntas, se dirigen a encontrarse con el abuelo.

«¿Quieres un paquete de galletas para comer por el camino?»,

le pregunta la abuela. Sofía niega con la cabeza.

Extraño, piensa la abuela,

Sofía nunca dice no a unas galletas.

«Abuela, ¿es posible querer a alguien demasiado?»

Sofía parece preocupada.

La abuela sonríe. «¿A qué te refieres?»

«Tanto que puedes morir», explica Sofía.

La abuela se muestra un poco desconcertada.

«Bueno, no es que te vayas a morir *de verdad*», añade Sofía enseguida.

«Pero tanto que tienes la sensación de que no puedes respirar».

«¿Y a la vez te sientes feliz y eufórica,
un poco como una pluma flotando
en el viento?», pregunta la abuela.
«Sí», Sofía suspira aliviada.
Su abuela entiende perfectamente lo que quiere decir.

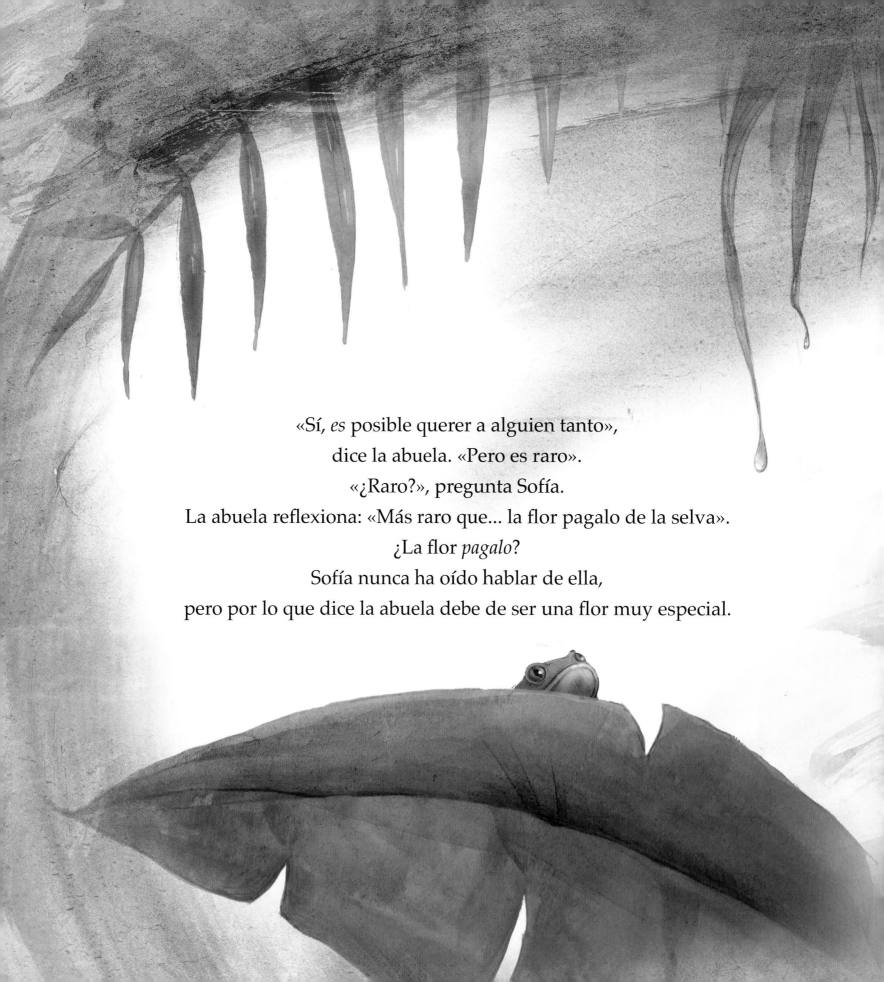

«Sí, *es* posible querer a alguien tanto»,
dice la abuela. «Pero es raro».
«¿Raro?», pregunta Sofía.
La abuela reflexiona: «Más raro que... la flor pagalo de la selva».
¿La flor *pagalo*?
Sofía nunca ha oído hablar de ella,
pero por lo que dice la abuela debe de ser una flor muy especial.

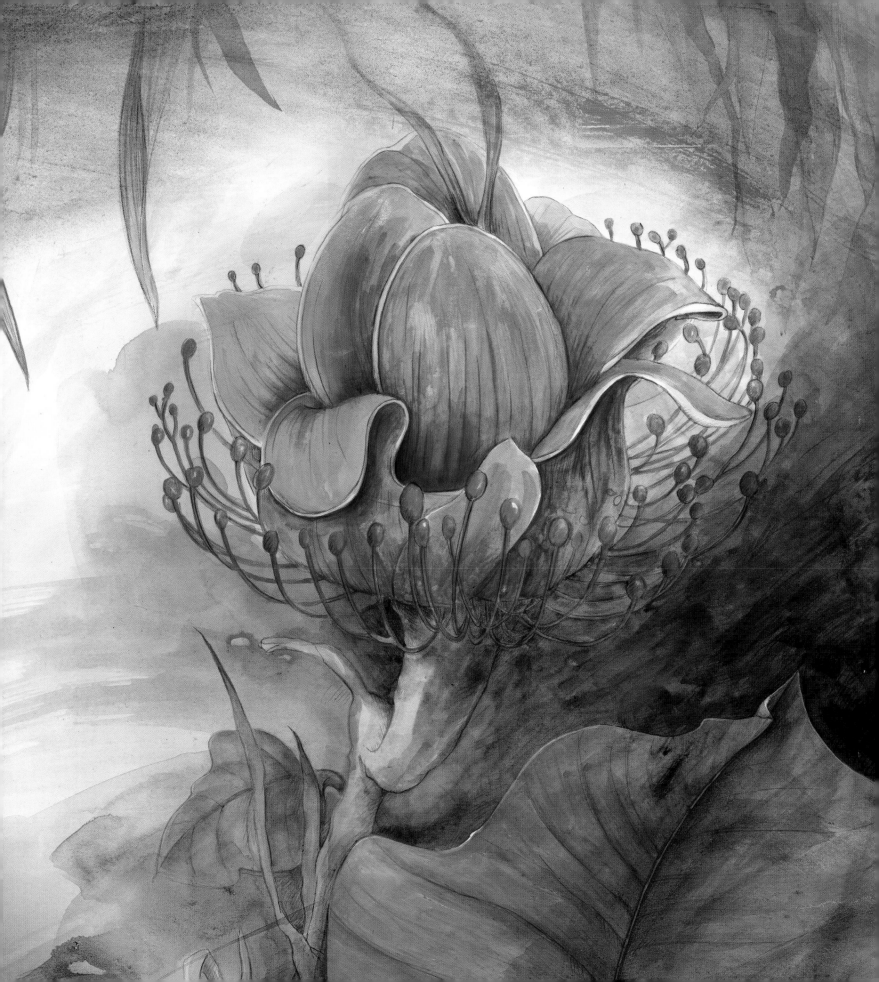

«Dime», le pide la abuela. «¿Quién te gusta tanto?»

«Un chico de mi clase», contesta Sofía bajito.

«¿Y por qué te gusta tanto?»

«Pone caras graciosas cuando la profesora está escribiendo
en la pizarra», explica Sofía con un brillo divertido en los ojos.

Y le hace una imitación a la abuela.

Que se ríe a carcajadas.

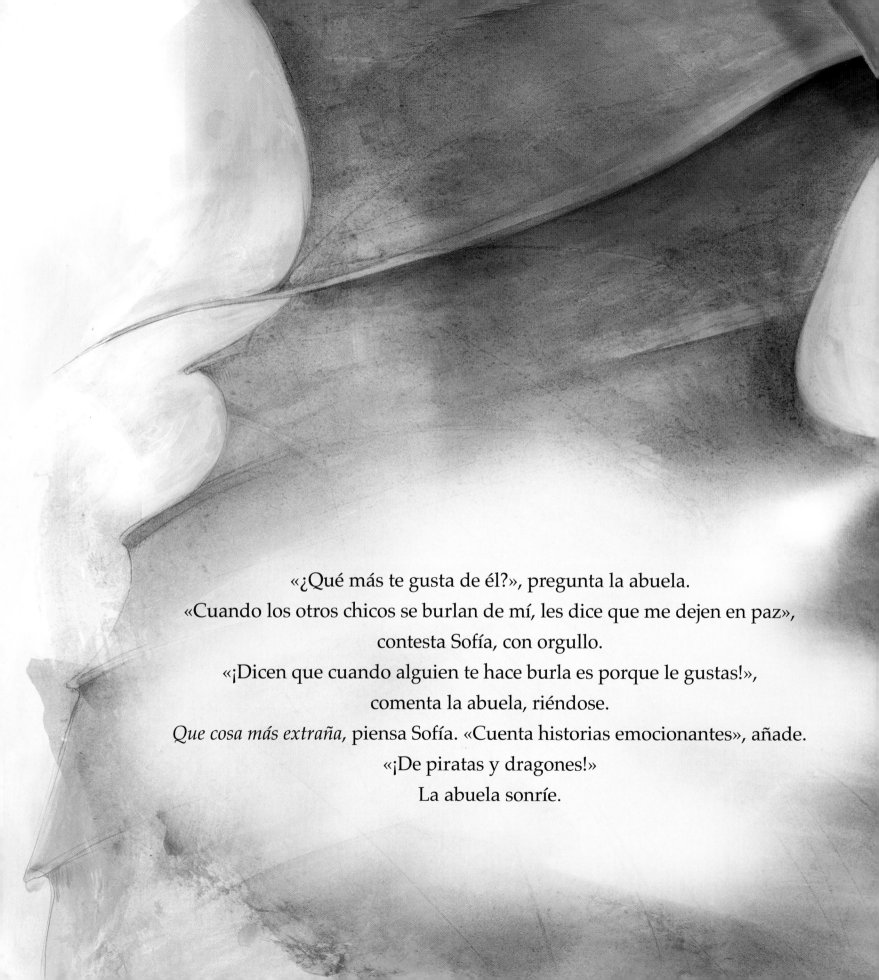

«¿Qué más te gusta de él?», pregunta la abuela.
«Cuando los otros chicos se burlan de mí, les dice que me dejen en paz»,
contesta Sofía, con orgullo.
«¡Dicen que cuando alguien te hace burla es porque le gustas!»,
comenta la abuela, riéndose.
Que cosa más extraña, piensa Sofía. «Cuenta historias emocionantes», añade.
«¡De piratas y dragones!»
La abuela sonríe.

«Tienes que decirle que te gusta», propone la abuela con decisión.

«Porque cuando ya no sea un secreto, ya no sentirás tanta ansiedad.

Es posible que el corazón te dé un vuelco de vez en cuando, pero respirarás mejor».

«¿De verdad?» A Sofía le cuesta creerlo.

«Sí, de verdad». La abuela asiente con la cabeza. «¡Díselo en tu rincón favorito!»

La abuela y Sofía están ya junto al lago.

Casi han llegado hasta donde se encuentra el abuelo.

«Abuela, ¿ustedes tenían un rincón favorito?», pregunta Sofía, curiosa.

«Sí», responde la abuela con un brillo en los ojos, mientras señala

unas piedras entre los juncos. «Íbamos allí juntos a hacer barcos de papel.

Todo estaba tranquilo a nuestro alrededor.

Lo único que se oía era el chapoteo del agua y los patos graznando».

«¿Ahí es donde se lo dijiste al abuelo?»

«¡Sí!», responde la abuela, radiante de felicidad.

«¿Y qué le dijiste exactamente?», quiere saber Sofía.

«Le dije que él era el que más me gustaba de todos los chicos»,

responde la abuela alegremente.

«Y le regalé un barco de papel como el de mis sueños:

de color azul, con ventanas blancas».

La sorpresa de Sofía es mayúscula.

«¿Igual que el barco del abuelo?», pregunta fascinada.

La abuela asiente con la cabeza.

«Entonces… ¡el barco del abuelo es el barco de tus sueños!», exclama Sofía.

«Vaya, ¡el abuelo es un cielo!»

«¿Quién es un cielo?», pregunta el abuelo desde la cubierta.

«¡Tú!», le grita fuerte Sofía.

«Por haberle construido a la abuela el barco de sus sueños!»

Frunce los labios y le manda un beso.

El abuelo se ríe y el perro Tormenta agita la cola.

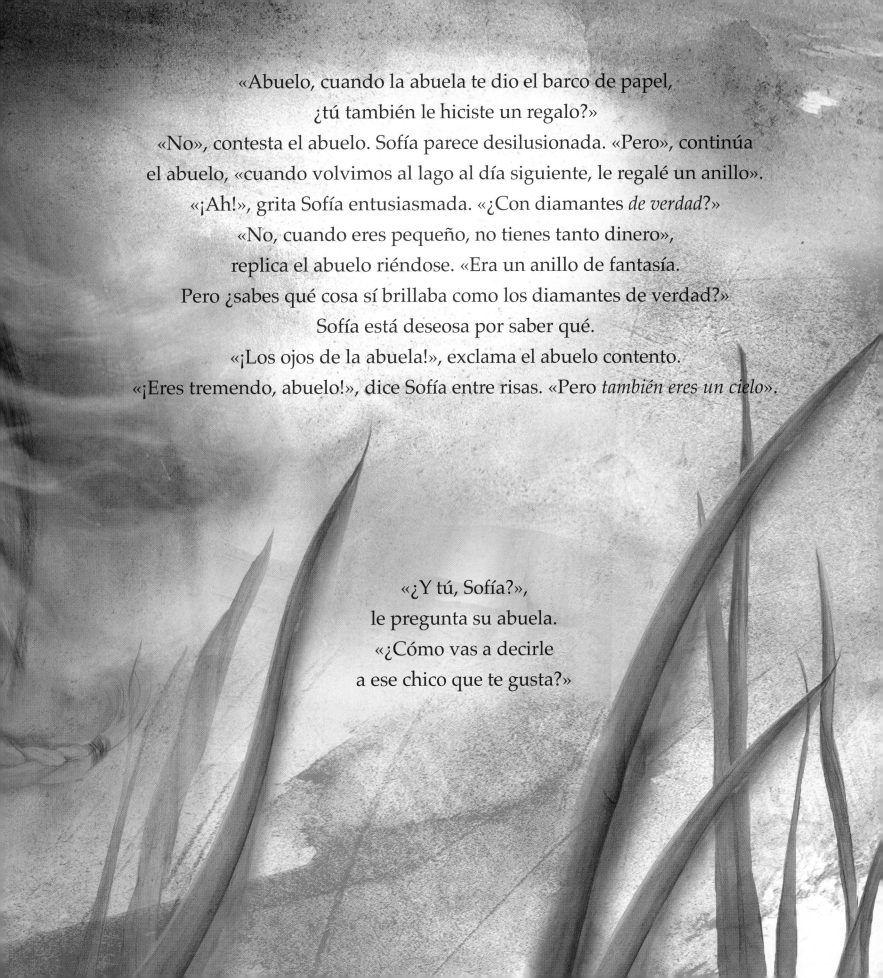

«Abuelo, cuando la abuela te dio el barco de papel,
¿tú también le hiciste un regalo?»
«No», contesta el abuelo. Sofía parece desilusionada. «Pero», continúa
el abuelo, «cuando volvimos al lago al día siguiente, le regalé un anillo».
«¡Ah!», grita Sofía entusiasmada. «¿Con diamantes *de verdad*?»
«No, cuando eres pequeño, no tienes tanto dinero»,
replica el abuelo riéndose. «Era un anillo de fantasía.
Pero ¿sabes qué cosa sí brillaba como los diamantes de verdad?»
Sofía está deseosa por saber qué.
«¡Los ojos de la abuela!», exclama el abuelo contento.
«¡Eres tremendo, abuelo!», dice Sofía entre risas. «Pero *también eres un cielo*».

«¿Y tú, Sofía?»,
le pregunta su abuela.
«¿Cómo vas a decirle
a ese chico que te gusta?»